AF310074

1615

OBSERVATIONS

SUR

CATILINA

ET

ROME SAUVÉE.

ORNEILLE eſt un grand homme; à côté de Rodogune on trouve Pertharite, ce n'eſt donc pas mépriſer M. de Crebillon que de critiquer Catilina. En eſt-il moins l'auteur de Rhadamiſte, d'Atrée, & d'Electre, Pieces qui exciteront la terreur & feront verſer des larmes, tant qu'il y aura du goût en France ?

Loin de moi ce fanatiſme aveugle qui s'extaſie ſur Oreſte de M. de Voltaire. La critique amere & pleine de fiel révolte encore

moins le lecteur , que les louanges outrées.
Les hommes naturellement envieux , mé-
chans & railleurs , font avares d'admiration
& prodigues de mépris. Je conviendrai fans
peine , qu'avec plus de fimplicité dans le
fujet , & un meilleur choix des principaux
Perfonnages, la Tragédie d'Orefte n'a pas la
chaleur d'Electre , mais je dirai en même
temps :

De quel front ofez-vous foldats de Corbulon,
Avec Catilina comparer Ciceron ?

Il faut diftinguer deux fortes de Pieces
de Théatre , Pieces à avantures , & Pieces
de caractere ; Inès , Zaïre , Electre , font
du premier genre ; les Horaces , Nicome-
de , Sertorius , font du fecond. On a toujours regardé comme plus facile d'attendrir
par quelques fituations fingulieres & inté-
reffantes , que d'élever l'ame , & d'exciter
une admiration continue par de grands
caracteres. Cette façon de penfer s'étend
même fur la Comédie. Moliere le premier
& le plus grand de nos Auteurs comiques ,
a rarement brillé par l'intérêt & par l'intri-
gue , mais la variété & la vérité des caracteres qu'il a peint avec des couleurs fortes ,
l'ont placé bien au-deffus de tous les comi-

ques qui l'ont fuivi. C'eſt principalement
par la grandeur des caracteres que Corneille
lui-même a mérité le nom de grand , car
les Pieces de ſon frere ſont ſouvent mieux
conduites & mieux intriguées que les ſien-
nes. C'eſt à Pauline , à Cléopatre de Rodogune , à Cornelie , à Horace , à Sertorius ,
qu'il doit ce titre. C'eſt en leur oppoſant
Burrhus , Acomat, Porus , Mithridate, qu'on
a voulu quelque-fois élever Racine à côté
de lui. La ſuperiorité du génie eſt demeurée
à Corneille ; cependant on convient aſſez
généralement que les Pieces de Racine ſont
plus intéreſſantes. Les Horaces, Cinna, Po-
lyeucte , au-deſſus duquel il n'y a rien, dit
M. de Fontenelle , ſont-ce des Tragédies
qui faſſent pleurer ?

Qu'on ne s'imagine pas que je veuille ban-
nir l'intérêt du Théatre , je prétends ſeule-
ment que la ſuperiorité eſt dûe aux Pieces
de caractere. La plus belle Tragédie, à quelques égards , ſera toûjours le Cid, qui réü-
nit la vivacité de l'intérêt à la beauté des
caracteres.

Trois choſes formeroient une Piece par-
faite , intérêt, conduite, grands caracteres ;
mais j'oſe dire que c'eſt ce qu'on n'a point
encore vû & qu'on ne verra peut-être jamais.
Cinna eſt ſans intérêt , le Cid ſans conduite , Inès ſans caractere.   A ij

L'Abbé d'Aubignac a prouvé que la conduite toute feule ne faifoit pas une bonne Piece, mais toute Tragedie où on trouvera dans un dégré éminent, ou intérêt, ou caracteres, pourvû que la conduite n'en foit pas tout à fait abfurde, fera toûjours une bonne Tragédie.

Voici maintenant où je veux venir ; il n'y a dans le Catilina de M. Crebillon aucun intérêt, il n'y a aucun caractere, & la conduite n'en n'eft pas merveilleufe ; M. de Voltaire nous a donné dans Rome Sauvée deux caracteres fublimes, Ciceron & Cezar. La piece a une forte d'intérêt, & la conduite n'en eft pas plus mauvaife que celle de la Piece de M. de Crebillon. Catilina eft entre les mains de tout le monde, ainfi je me difpenfe d'en donner un extrait.

C'eft d'abord un défaut confidérable dans un fujet auffi connu que la conjuration de Catilina, d'avoir changé la cataftrophe ou du moins de l'avoir changée en mal. Catilina mourut en combattant, après avoir tué de fa propre main une foule de Soldats Romains. C'eft ainfi qu'il devoit mourir & non pas quitter fes amis pour venir fur le Théatre dire des injures de Ciceron. On eut fû bon gré à M. la Foffe, auteur de Manlius, d'en avoir changé le dénouement, & de

(5)

l'avoir mis comme il eſt dans Veniſe Sauvée. On pourroit encore aiſément le faire,
& nous aurions une Piece intéreſſante, ſa-
gement conduite, bien dénouée, & une
belle cataſtrophe, au lieu de Veniſe Sauvée
qui eſt un monſtre pour la conduite, &
d'une verſification très - plate. Revenons à
Catilina.

Le Rolle de l'Ambaſſadeur des Gaulois eſt
tout à fait poſtiche. On peut ſans interrom-
pre en rien la marche de la Piece, ôter les
deux premieres ſcenes du troiſiéme Acte,
qui ſont les deux ſeules de la Tragedie où
il paroît. Il n'eſt là que pour faire le portrait
de Cezar & des Gaulois : Il ſe laiſſe engager
comme un ſot par Catilina ſans ſçavoir ſes
projets, au lieu que les Ambaſſadeurs des
Gaulois agirent en vrais politiques dans la
conjuration de Catilina. Ils étoient venus à
Rome demander quelque diminution des
impôts dont ils étoient chargés, ils ne pou-
voient l'obtenir du Senat ; les Conjurés leur
offrirent l'abolition de leurs dettes, s'ils vouloient entrer dans le parti de Catilina, &
faire prendre les armes à leurs compatrio-
tes. On convint de s'aſſembler une nuit
pour conclure le traité, mais les Ambaſſadeurs ſentant le péril d'une telle entrepriſe,
& ſe flattant d'obtenir une bonne compoſi-

tion du Senat, en revelant la conjuration, allerent tout dire à Ciceron ; enfuite de concert avec lui, ils demanderent à traiter avec les Chefs des Conjurés. On fit un double du Traité figné de tous les Conjurés ; les Ambaffadeurs convinrent de partir la nuit même pour aller dans leur pays, & de paffer dans le Camp de Catilina pour lui faire ratifier le Traité. Ils en donnerent avis à Ciceron, qui les fit arrêter au paffage d'un pont, & trouva le Traité figné de tous les Chefs des Conjurés.

Si M. de Crebillon a crû flatter fa nation par le portrait qu'il a fait des Gaulois, en revanche il ne fait gueres d'honneur à fes Ambaffadeurs, ce Sunnon n'eut pas fait le Traité de Weftphalie.

Probus, entremetteur facré , fe laiffe duper par Catilina, qui le leurre de l'efpoir du Pontificat , tandis qu'il agit fourdement pour Cezar. Il débite à Fulvie de fort belles maximes fur les remords que fe prépare une amante en vengeant fon outrage , & lui donne de fort mauvaifes raifons pour lui faire accroire que Catilina ne travaille que pour elle ; auffi n'en eft-elle pas la dupe, & Probus eft humilié & tourné en ridicule par Fulvie. Probus n'eft pas un grand homme, un grand homme peut être trahi , mais on ne

le trompe pas fans qu'il s'en apperçoive.
Probus d'ailleurs eft un rolle épifodique, &
qui ne tient à la Piece que dans les deux
premiers Actes ; il n'agit plus dans les trois
derniers.

Fulvie eft une femme amoureufe & jalou-
fe, mais fa paffion n'agit pas affez dans la
Piece.

Tullie eft foible, Ciceron un imbecile,
toujours le joüet de Catilina, & tremblant
pour lui-même. Bien loin d'agir il ne fçait
pas même parler. Si le Ciceron de Rome eut
été auffi idiot que le fait M. de Crebillon,
il n'eût jamais triomphé de Catilina. Lorfque Catilina lui apprend que l'efclave qui
l'accufe, eft Fulvie, & que c'eft un effet de
fa jaloufie, Ciceron refte dans le doute, &
fans chercher à s'éclaircir il fe borne à trembler, & a recours à fa fille pour prier Catilina de ne pas fe plaindre au Sénat. Lorfque Catilina lui dit que Manlius vouloit
le foir même attaquer les portes, il le croit
bonnement, & lui en donne la défenfe.

Caton n'eft qu'un difcoureur qui gron-
de toujours, & ne fait rien.

M. de Crebillon a tout facrifié à Catilina, qui effectivement paroît grand vis-
à-vis des autres caracteres. Mais en l'exami-
nant de près cette fauffe grandeur difparoît.

Voici des défauts qui me femblent défigurer fon caractere. Au premier Acte il dit à Lentulus fon ami, que l'amour qu'il a pour Tullie n'eſt qu'un effet de fa vanité; qu'il ne l'aime que parce qu'il eſt flatté de remporter la victoire fur un grand nombre d'amans qui lui prefentent leurs vœux; fentimens d'un Petit-Maître, & non d'un Politique.

Lorfqu'au fecond Acte Fulvie propofe à Catilina de défavouer Tullie. Catilina lui répond :

Tullie en me perdant fe rend digne de moi,
Et vous qui prétendez me fauver par un crime,
Vous ne meritez plus mes vœux ni mon eſtime.

Cette réponfe me paroît d'un fort mauvais politique. Après la fcene qui venoit de fe paſſer entre Tullie & Catilina, dans laquelle il lui avoit dit, l'amour n'a plus rien à démêler entre nous; il ne devoit plus compter fur fon hymen, il devoit donc fonger à fe mettre à l'abri de fon accufation. Quel moyen plus heureux pouvoit-il employer que de tromper encore Fulvie, & de profiter du défaveu qu'elle lui offroit en plein Sénat ?

Cette réponfe éblouit d'abord par fa fingularité; on la croit le rafinement d'un grand politique, mais à l'examen elle devient ridicule.

Catilina me paroît extravagant dans le Sénat, à qui il dit des injures groffieres, ainfi qu'à Caton & Ciceron, & encore plus lorfqu'il offre de fe remettre entre les mains de ce même Ciceron & ce même Caton, qui font affez imbeciles pour ne pas le prendre au mot. Enfin il eft lâche dans le cinquiéme Acte, où fans qu'on fçache trop comment tout s'eft paffé, il abandonne la partie pour venir fe tuer aux yeux de Tullie.

J'en ai dit affez pour faire voir qu'il n'y a dans cette piece aucun caractere, & peu de conduite : il y a encore moins d'intérêt, car pour qui s'intéreffera-t'on, eft-ce pour Catilina, qui eft un fcelerat ? eft-ce pour Ciceron qui n'eft que ridicule & imbecile ? eft-ce pour fa fille Tullie qui n'eft qu'un perfonnage fubalterne dans la piece, & qui n'a pas un caractere decidé ? eft-ce pour Fulvie, femme fans pudeur qui n'agit que par vengeance & non par amour pour la patrie, & qui d'ailleurs agit peu ?

Il faut avouer que dans les deux premiers actes tout eft affez lié, foûtenu, & digne en un mot de l'auteur d'Atrée, d'Electre & de Rhadamifte ; mais les trois derniers font fi découfûs, il y a tant de traînant & de trivial, que je ne puis croire qu'en beaucoup d'endroits ils foient de M. Crebillon ; c'eft

un tableau commencé par Michel-Ange, &
où l'on voit quelques touches du pinceau
mâle, fier & terrible de ce grand homme,
à côté des traits fades & grossiers d'un bar-
bouilleur d'enseigne.

La versification est dans cette piece comme
dans toutes les autres de M. Crebillon,
louche, dure & raboteuse. On dit que De-
mosthene qui avoit une difficulté de parler,
la surmonta en s'exerçant avec des cailloux
dans la bouche : je ne doute point que si
M. le Kain, excellent acteur tragique, à
quelques égards, déclamoit tous les jours,
pendant six mois, quatre ou cinq cens vers
de M. Crebillon, il n'acquît cette douceur
d'organe qui lui manque ; ce qui fait qu'on
perd la moitié de chaque vers qu'il dit dans
la passion.

J'ai examiné, sans partialité, la Tragédie
de M. Crebillon ; il en sera de même de
celle de M. de Voltaire : car

Je ne sers ni Baal ni le Dieu d'Israël.

EXTRAIT DE ROME SAUVE'E.

CAtilina se repaît d'avance des plaisirs
de sa vengeance & de sa grandeur.

Orateur insolent qu'un vil peuple seconde ;
Assis au premier rang des Souverains du monde ,
Tu vas tomber du faîte où Rome t'a placé ;
Inflexible Caton, vertueux insensé,
Ennemi de ton siécle, esprit dur & farouche,
Ton terme est arrivé, ton imprudence y touche.
Fier Senat de tyrans qui tiens le monde aux fers,
Tes fers sont préparés, tes tombeaux sont ouverts.

Aurelie fille de Nonnius vient témoigner
à Catilina ses soupçons sur tout ce qu'elle
voit, sur cet amas d'armes qu'on transporte;
Catilina lui fait entendre qu'il prend de
sages mesures pour défendre la cause commune ; va, dit-elle, je penetre tes desseins :

S'ils étoient généreux, tu m'aurois consultée.

Eh bien, répond Catilina , feriez-vous sans
ambition, il en faut aux grands cœurs.

Tu crois le mien timide,
La seule cruauté te paroît intrépide.

Répond Aurelie,

Apprends que cette épouse à tes loix si soumise ,
Que tu devrois aimer, que ta fierté meprise,
Qui ne peut te gagner, qui ne peut t'attendrir,
Plus Romaine que toi peut t'apprendre à mourir.

Ciceron vient apprendre à Catilina
qu'il est éclairé sur ses complots , &

qu'il va l'accufer au Senat. Cette fcene eft
pleine de beaux détails : vous avez été mon
concurrent au confulat , dit Ciceron à Catilina, jaloux de la préference que Rome m'a
donnée , je fçais que vous décriez mon nom
& ma naiffance ,

Dans ces tems malheureux, dans nos jours corrompus
Faut-il des noms à Rome ? il lui faut des vertus.
Ma gloire & je la dois à ces vertus féveres ,
Eft de ne rien tenir des grandeurs de mes peres.
Mon nom commence en moi; de votre honneur jaloux
Tremblez que votre nom ne finiffe dans vous.

Lorfque Catilina dit qu'il a bien fervi l'E-
tat , Ciceron répond :

Marius & Silla qui mirent Rome en cendre ,
Ont mieux fervi l'Etat & l'ont mieux défendu ,
Les tyrans ont toujours quelque ombre de vertu.

Cet acte finit par une fcene entre Caton
& Ciceron. Caton foupçonne Cezar : & moi
Catilina , répond Ciceron. Je le crois

Beaucoup plus téméraire , & bien moins généreux.

Caton engage Ciceron à fervir la patrie
malgré fes ennemis. Ciceron fait une belle
réponfe.

Les regards de Caton feront ma recompenfe ,
Au torrent de mon fiécle , à fon iniquité ,
J'oppofe ton fuffrage & la pofterité :
Faifons notre devoir , les Dieux feront le refte.

Au second acte Cethegus & Lentulus, exposent à Catilina leurs craintes sur l'activité & la vigilance de Ciceron, sur le credit qu'il a dans le Senat, Catilina les rassure. Il fait là une belle peinture de la situation de Ciceron.

Sur le vaisseau public ce pilote égaré,
Presente à tous les vents, un flanc mal assuré,
Il s'agite au hasard, à l'orage il s'apprête,
Sans sçavoir seulement d'où viendra la tempête.

Il a dans le Senat plus d'ennemis que moi.
J'attends tout de ma main, j'attends tout de l'envie
C'est un homme expirant qu'on voit, d'un foible
     effort,
Se débattre & tomber dans les bras de la mort.

Quelques personnes ont critiqué ces images épiques, mais elles n'ont pas pensé qu'un avocat parle à la raison de ses Juges, & qu'il ne leur faut que des raisonnemens, mais ce n'est pas assez pour un Orateur, un Chef de Conjurés; il doit frapper, échauffer, entraîner les esprits par l'imagination, & c'est par ces sortes de tableaux qu'il y réussit. Qu'on examine ce qui s'est passé dans le monde depuis plus de six mille ans, on trouvera que les grandes entreprises qui ont changé la face de la terre ont réussi, & se sont

foûtenues par l'imagination , autant que par
la raifon. La raifon eft froide & pareffeufe,
l'imagination eft active.

Catilina dans la fcene fuivante cherche à
engager Cezar.

CATILINA.

Toi de qui la fortune
Dans les tems de Sylla me fut toujours commune,
Toi dont je préfageois les éclatans deftins ,
Toi né pour être un jour le premier des Romains,
N'es-tu donc aujourd'hui que le premier efclave
Du fameux Plebeïen qui t'irrite & te brave ?

Serviras-tu long-tems tous ces Rois faftueux,
Cet heureux Lucullus, brigand voluptueux,
Fatigué de fa gloire, enervé de moleffe,
Un Craffus étonné de fa propre richeffe,
Dont l'opulence avide ofant nous infulter
Afferviroit l'Etat, s'il daignoit l'achetter.

Cezar eft-il fidéle à ma tendre amitié ?

CEZAR.

Oui ; fi dans le Senat on te fait injuftice,
Seul je t'y défendrai ; compte fur mon fervice ;
Je parlerai pour toi, n'exige rien de plus.

J'ai pefé tes projets, je ne veux pas leur nuire ;
Je puis leur applaudir, je n'y veux pas entrer.

CATILINA.

J'entens, pour les heureux tu veux te déclarer.

(15)

Des premiers mouvemens spectateur immobile?
Tu veux ravir les fruits de la guerre civile,
Sur nos communs débris établir ta grandeur.
                    CEZAR.
Non ; je veux des dangers plus dignes de mon cœur,
Ma haine pour Caton, ma fiere jaloufie
Des lauriers dont Pompée eft couvert en Afie,
Le credit, les honneurs, l'éclat de Ciceron
Ne m'ont déterminé qu'à furpaffer leur nom.

. . . .

. . . .

Ton projet eft bien grand, peut-être téméraire ;
Il eft digne de toi : mais, pour ne te rien taire,
Plus il doit t'aggrandir, moins il eft fait pour moi.
                    CATILINA.
Comment ?
                    CEZAR.
            Je ne veux pas fervir ici fous toi.
                    CATILINA.
Ah ! crois qu'avec Cezar on partage fans peine ;
                    CEZAR.
On ne partage pas la grandeur Souveraine.
Va, ne prefume pas que jamais à fon char,
L'heureux Catilina puiffe enchaîner Cezar :
Tu m'as vu ton ami, je le fuis, je veux l'être ;
Mais jamais mon ami ne deviendra mon Maître.

. . . .

. . . .

J'ignore mes deftins ; mais fi je fuis un jour
Forcé par les Romains de regner à mon tour,
Avant que de tenter une telle victoire,
J'étendrai, fi je puis ; leur empire & leur gloire ;
Je ferai digne d'eux, & je veux que leurs fers,
D'eux-mêmes refpectés, de lauriers foient couverts.

Lorfque Cezar dit à Catilina.

Sylla nous réduifit à la captivité ;
Mais s'il ravit l'Empire, il l'avoit merité.
Il foûmit l'Hellefpont, il fit trembler l'Euphrate,
Il fubjugua l'Afie, il vainquit Mitridate :
Qu'as-tu fait? quels états, quels fleuves, quelles mers,
Quels Rois, par toi vaincus, ont adoré nos fers,
Quels triomphes encore ont illuftré ta vie ?
Pour ofer dompter Rome il faut l'avoir fervie.

Catilina fait une belle réponfe, j'ai fait autant que Sylla, dit-il.

Il avoit une armée, & j'en forme aujourd'hui ;
Il m'a fallu créer ce qui s'offrit à lui ;
Il profita des tems & moi je les fais naître.

Enfin Cezar ne s'engage qu'à défendre Catilina au Senat & il le quitte après ces vers.

Mais fi ton ame afpire,
Jufqu'à m'ofer foûmettre à ton nouvel empire,

Ce

Ce cœur sera fidéle à tes secrets desseins ,
Et ce bras combattra l'ennemi des Romains.

'Cet acte finit par une belle scene des
conjurés assemblés ; Catilina leur fait le détail de ses projets, leur prescrit leur conduite,
distribue à chacun d'eux les postes. A l'heure
que je vous parle , dit-il , Preneste est en
mes mains, voilà mon premier pas ; de là
les soldats de Sylla s'avancent vers ces
murs, ils arrivent, je sors , & je marche à
leur tête : au même instant prenez les armes,
portez le fer & la flamme aux maisons des
proscrits. La premiere victime doit être Ciceron , sacrifiez Cezar & Caton. J'attaque-
rai les portes , j'entre dans Rome, je marche
au Capitole.

C'est-là que par le droit que nous donne la guerre ,
Nous montons en triomphe au thrône de la terre.

Ce discours de Catilina aux conjurés est
d'une éloquence sublime & digne de Cinna.
Au troisiéme acte Aurelie qui a reçu une
lettre de Nonnius son pere, l'apporte à
Catilina ; il voit que Nonnius est informé
de tout, qu'il l'accuse de conspirer avec
Cezar , de vouloir surprendre Preneste,

B

& qu'il vient pour en inſtruire le Conſul.
Aurelie flatte Catilina d'obtenir ſa grace ;
j'irai, dit-elle, trouver mon pere, il m'aime,
il eſt facile ; j'irai parler de paix à Ciceron
lui-même : mais il faut te repentir ſincere-
ment. Catilina feint de ſe rendre. Mais lorſqu'Aurelie eſt ſortie : je compte, dit-il, les
momens , j'obſerve les lieux. Les larmes
d'Aurelie arrêteront quelque tems ſon pere ;
Ciceron que j'allarme eſt occupé ailleurs :
amis, c'en eſt aſſez, tout eſt en ſûreté ! Il donne ordre à deux de ſes conjurés affranchis,
qu'au moment qu'Aurelie aura quitté ſon
pere, ils le poignardent. Ciceron arrive dans
ce moment, il fait arrêter les deux affranchis, & ordonne qu'on les interroge. Catilina
lui en demande la raiſon.

Ils ſont de tes conſeils, & voilà mes raiſons.

Répond Ciceron.

Va j'eſpere bientôt traiter ainſi leurs maîtres.
. . . .
. . . .
Avec les aſſaſſins, ſur qui tu te repoſes,
Viens t'aſſeoir au Senat, & ſuis moi, ſi tu l'oſes.

Au quatriéme acte le Senat s'aſſemble.
Caton commence par faire des reproches à

Cethegus & à Lentulus. Cézar blâme fa
dureté.

Que faites-vous, Caton, & quel affreux langage ;
Toujours votre vertu s'explique avec outrage ;
Vous revoltez les cœurs au lieu de les gagner.

CATON.

Sur les cœurs corrompus vous cherchez à regner.

Ciceron entre avec précipitation : que
faites-vous Romains, dit-il, quel tems
perdez-vous en de triftes debats, tandis que
Rome eft menacée.

Qu'on a déja donné le fignal des fureurs,
Qu'on a déja verfé le fang des Senateurs.

Nonnius vient d'être affaffiné, il venoit de
Prenefte m'apprendre tous les noms des conjurés. C'eft Catilina qui l'a fait égorger. Oui
j'ai tout fait, dit Catilina, & par amour
pour la patrie : apprenez que Nonnius étoit
l'ame de tous les complots, qu'il avoit chez
lui un amas d'armes, inftrumens du carnage
qu'il méditoit. On va vifiter chez Nonnius,
on vient rendre compte à Ciceron, on lui dit
qu'on y a en effet trouvé ces armes, & que
les affranchis interrogés ne chargent que lui.
Alors Cezar prend le parti de Catilina.

Eh quoi , d'un fcelerat un héros eft l'appui , dit Ciceron ? Croirez-vous , Romains, que Nonnius mon ami , un vieillard vénérable , ait été capable d'un tel forfait ? C'eft Catilina dont la rage induftrieufe craignant que je ne fuffe éclairé fur fes forfaits , a fait mettre chez Nonnius ce dépôt du crime. Quoi , dans un péril fi grand , Cézar parle de formalité ? N'avons-nous pas fur Catilina le droit qu'il s'eft arrogé fur Nonnius ?

Le devoir le plus faint , la loi la plus cherie ,
C'eft d'oublier la loi pour fauver la patrie.

Ciceron ordonne qu'on amene la fille de Nonnius. Elle demande vengeance de l'affaffin de fon pere : Le voilà , dit Ciceron , en lui montrant Catilina. Alors indignée de fon crime, elle accufe Catilina ; elle fe reproche d'avoir trempé dans la confpiration ; elle s'en punit en fe plongeant le poignard dans le fein , & dit à Catilina : perfide imite-moi. Catilina s'emporte contre Ciceron , lui reproche d'être l'auteur de tous fes maux , & fort en le menaçant, & après une imprécation affreufe contre lui :

Meurs en craignant la mort , meurs de la mort d'un traître ,

D'un efclave échappé que fait punir fon maître.
Que tes membres fanglàns , fur la tribune épars ,
Des Romains inconftans repaiffent les regards.

.   .   .   .

.   .   .   .

C'eft le fort qui t'attend , & qui va s'accomplir :
C'eft l'efpoir qui m'anime , & je cours le remplir.

Un inftant après que Catilina eft forti on apporte la lettre deNonnius qu'on a trouvée en fecourant Aurelie. Cicéron montre à Cezar cette lettre , qui l'accufe. Etiez-vous fait , lui dit-il , pour fervir des tyrans ? Cezar répond :

J'ai lu , je fuis Romain , votre perte s'annonce :
Le peril croît , j'y vole , & voilà ma réponfe.

Je trouve ce trait auffi fublime que le *qu'il mourut.*

Ciceron demande qu'on choififfe un chef.

Gardons l'egalité pour des tems plus tranquilles ,
Les Gaulois font dans Rome , il nous faut des Camilles.
Il faut un dictateur, un vengeur un appui ,

Qu'on nomme le plus digne, & je marche sous lui.

Le Sénat lui donne le pouvoir absolu
pour un jour. Cela se fait apparement dans
l'intervalle du quatriéme au cinquiéme
Acte.

Au cinquiéme Acte, Ciceron rend compte au Sénat des précautions qu'il a prises
pour mettre Rome en sûreté. Il envoye au
supplice Lentulus & Cethegus. Il fait le récit de la façon dont Cezar s'est comporté.

Il a dans ce jour memorable
Déployé, je l'avoue, un courage indomptable :
Mais Rome attendoit plus d'un cœur tel que le sien,
Il n'est pas criminel, il n'est pas citoyen.

Par la maniere dont il parloit aux Soldats,
aux Citoyens, & même aux Conjurés,

Sa voix d'un peuple entier sollicitant l'amour,
Sembloit inviter Rome à le servir un jour.

Cezar arrive & annonce que Catilina est
à la tête de son armée.

C'est maintenant qu'on donne un combat véritable,
Des soldats de Sylla l'élite redoutable
Est sous un chef habile, & qui sçait se venger,

Voici le vrai moment où Rome est en danger.

. . . .

Qu'ordonnez-vous Consul , & quels sont vos def-
feins.
CICERON.
Les voici ; que le ciel m'entende & les couronne !
Vous avez merité que Rome vous soupçonne ,
Je veux laver l'affront dont vous êtes chargé ,
Je veux qu'avec l'Etat votre honneur soit vengé.
Au salut des Romains je vous crois neceffaire ,
Je vous connois , je fçais ce que vous pouvez faire,
Je fçais quels intérêts vous peuvent éblouir :
Cezar veut commander ; mais il ne peut trahir.
Vous êtes dangereux , vous êtes magnanime :
En me plaignant de vous , je vous dois mon eftime.
Partez , juftifiez l'honneur que je vous fais ,
Le monde entier fur vous a les yeux déformais.
Secondez Petreius & délivrez l'empire ;
Meritez que Caton vous aime & vous admire.
Dans l'art des Scipions vous n'avez qu'un rival ,
Nous avons des guerriers , il faut un Général ,
Vous l'êtes , c'eft fur vous que mon efpoir fe fonde.
Cezar entre vos mains je mets le fort du monde.
CEZAR.
Ciceron à Cezar a dû fe confier.
Je vais mourir , Seigneur , ou vous juftifier.
CATON.
De fon ambition vous animez les flammes.

CICERON.

Va, c'est ainsi qu'on traite avec les grandes ames.

Cezar revient bien-tôt après annoncer le triomphe de Rome & la mort de Catilina : ce récit est digne de Salluste.

Avant que d'entrer dans le détail de la Piece, il est à propos de faire quelques réflexions sur les conspirations ; il y en a de deux sortes, l'une pour détruire une autorité usurpée & rétablir la légitime ; l'autre, pour en renverser une légitime. Oreste, Gustave, Mérope, Athalie sont du premier genre ; Catilina & Manlius sont du second. Cinna n'appartient bien décidement à l'un ni à l'autre, c'est ce qui fait qu'il est sans intérêt. L'autorité d'Auguste n'est pas légitime ; il n'est pas non plus assez méchant dans la Piéce pour qu'on soit charmé de le voir massacrer par Cinna , qui ne vaut guere mieux que lui, & qui n'agit que par amour pour Emilie , & non par intérêt pour la patrie.

Il y a beaucoup plus de Pieces du premier genre qui ayent réüssi que du second. Je crois en entrevoir une raison. Un Conspirateur est ordinairement un homme d'un esprit superieur & d'un grand courage; les hommes de cette fphere , fuffent-ils même criminels , nous impofent un certain ref- pect qui fait que nous allons fouvent juf- qu'à les plaindre lorfqu'ils font malheu- reux , ce qui diminue l'intérêt que nous prenons au falut de l'Etat qu'ils vouloient renverfer. Au contraire lorfque ces Confpira- teurs font des hommes vertueux qui agiffent pour le rétabliffement d'une autorité legi- time , l'admiration & l'intérêt fe trouvent réunis.

Il y a encore une reflexion à faire fur les tragedies à confpirations. Le gouvernement influe beaucoup fur le plaifir qu'on y éprou- ve. Des François s'intéreffent peu pour le fa- lut de la république romaine , des Romains du temps des Scipions & des Fabius n'au- roient pas verfé beaucoup de larmes au Théatre , pour un Guftave , un Henry IV. Des Atheniens , des Romains , des Anglois , trouveroient Rome Sauvée très-intéreffante, mais au fein même de Rome républicaine le Catilina de M. Crebillon ne pourroit faire plaifir. Ciceron le défenfeur de Rome y joue un rolle trop ridicule , & dont le mauvais effet retombe fur la Patrie. Il me femble donc que M. de Voltaire a mieux conçu fon fujet que M. Crebillon. En effet il a porté l'in- térêt pour Rome auffi loin qu'il pouvoit aller

par le caractere sublime & vertueux qu'il a
donné à Ciceron son défenseur.

Aurelie, dit-on, auroit dû être plus inté-
ressante, mais Rome est ici Ciceron ; tout
l'intérêt doit tomber sur lui, & il eut dispa-
ru, si l'amour eut donné plus de jeu au rolle
d'Aurelie. La Piece eut sans doute plu da-
vantage aux Loges, mais je soûtiens que le
sujet eût été moins bien rendu ; les femmes
ne sont organisées que pour quelques gen-
res de beautés ; amantes & meres, & rien
au-delà ; tout ce qui n'est pas Zaïre ou Me-
rope, ou dans les mêmes caracteres, les en-
nuye, & ce sexe déja trop puissant sur nos
cœurs, entraîne encore nos esprits. Elles nous
ont persuadé qu'une Tragédie sans femme
n'est qu'une Piece de pédant de college. M.
de Voltaire a cédé lui-même au torrent, &
quoiqu'il ait bien senti que le rolle d'Aurelie seroit subalterne, il a mieux aimé, peut-
être affoiblir son sujet que de ne point mettre de femmes.

Corneille excelle dans les peintures qu'il a
faites de la grandeur Romaine, j'ose dire que
M. de Voltaire l'a égalé dans Ciceron & Cezar, & que c'est ce qu'il a jamais fait de plus
beau. Nous avons une si grande idée de Cezar qu'il est bien difficile de le mettre sur le
Théatre avec une dignité qui réponde à no-

tre idée. Corneille lui-même a manqué fon caractere dans la mort de Pompée, où Cezar dit à Cleopâtre, qu'il n'a conquis le monde que pour fes beaux yeux. M. Crebillon fe méfiant de fes forces, a craint d'être au-def-fous de Cezar, & l'a fupprimé. M. de Vol-taire plus hardi a vû le danger, s'y eft jetté, & l'a franchi. Il a fait paroître Cezar avec toute la grandeur d'un homme qu'on fent fait pour devenir le maître du monde. Je ne craindrai pas de comparer la fcene de Catilina & de Cezar avec celle de Pompée & de Sertorius qui fait tant d'honneur à Cor-neille. Il feroit ridicule de s'étendre fur le mérite d'un rolle qui a frappé univerfelle-ment tous les fpectateurs.

M. de Voltaire a rendu à Ciceron toute la gloire que M. de Crebillon lui avoit ravie. Il l'a fait agir, penfer & parler en Conful, en Orateur, en grand homme. Son activité & fa vigilance penetre tous les complots de Catilina. Il découvre le deffein fur Prenefte, il mande Nonnius, il met tous les poftes en fûreté. On voit fon zele pour la patrie exemt de toute ambition lorfqu'il dit au Sénat qu'on nomme un Chef & je marche fous lui. Enfin on voit en lui cette profonde politique qui connoît le cœur des hommes, qui fait mettre à profit leurs paffions, cette

éloquence fublime qui maîtrife les efprits
& les cœurs. Je défie qu'on trouve dans
Corneille rien de plus beau que la façon
dont Ciceron engage Cezar à fauver l'Empire en le nommant General.

Bien de gens fe font imaginés que le Catilina de M. Crebillon étoit plus grand que
celui de M. de Voltaire, mais ils revien-
droient de ce préjugé s'ils faifoient attention
qu'un homme ordinaire entouré de Pigmées
paroît un géant, & qu'il paroîtra petit à côté
d'un homme de fix pieds. Ciceron eft fi petit
dans M. Crebillon, qu'il éleve Catilina. Cezar & Ciceron font fi grands dans M. de Voltaire qu'ils abaiffent Catilina. Mais il s'en
faut beaucoup qu'il foit petit. Ses deffeins
il eft vrai, font moins compliqués que ceux
du Catilina de M. de Crebillon, qui par
cette feule raifon paroît plus politique, mais
ils font grands, fimples & mefurés. En effet comment fe conduit-il ? Son armée com-
pofée des véterans de Sylla s'avance vers Rome. Il doit faire furprendre Prenefte, join-
dre fon armée. A fon arrivée aux murs de Rome les conjurés doivent mettre le feu aux
poftes indiqués ; entrer dans les maifons des
profcrits, les égorger, il doit attaquer les
portes & entrer dans Rome : Rien de plus
fimple que fon projet. Il eft découvert ; il

apprend queNonnius eſt arrivé de Preneſte, qu'il eſt dans Rome, & qu'il va informer Ciceron de la conjuration. Comment prévenir ce revers? Il fait aſſaſſinerNonnius. Ciceron le découvre & l'en accuſe au Sénat. Catilina vient lui-même s'en faire honneur dans le Sénat. Il ſoûtient que Nonnius conſpiroit contre l'Etat ; qu'il avoit chez lui un dépôt d'armes. On trouve en effet ce dépôt chez Nonnius : Quel défaut de politique peut-on reprocher à cette conduite de Catilina ?

Tout le monde a trouvé le quatriéme acte de M. Crebillon ridicule, celui de M. de Voltaire au contraire préſente un beau tableau, & intéreſſant, il faut convenir qu'il a ſçu tirer un grand parti d'Aurelie dans cet acte.

Il y a trop de beautés dans Rome ſauvée pour en taire les défauts : c'en eſt un leger que d'avoir violé l'unité de lieu ; être ſcrupuleux à l'excès ſur cette regle, c'eſt petiteſſe; la violer ſans meſure c'eſt extravagance.

J'imagine qu'il y a des défauts plus conſidérables dans Rome ſauvée. Quoique j'aye loué en général la maniere dont ſe conduit Catilina, je trouve qu'il n'agit pas en bon politique, lorſqu'au troiſiéme acte il rend à ſa femme la lettre de Nonnius : en

effet ce billet fait preuve contre lui au quatriéme acte quoiqu'il ait dit : il pourra nous
fervir. Je trouve auffi qu'il ne prend pas affez
de précaution contre Aurélie. Lorfqu'il ordonne qu'on tue Nonnius fon pere, il devroit
empêcher qu'elle ne pût inftruire Ciceron.

Il femble encore que Catilina dans le Senat avoue le fait, lorfqu'il dit à Ciceron : c'eft
toi qui a tout fait, j'ai hai ton genie, voilà
ce qui m'a précipité dans l'abime où je fuis.

Enfin je ne difconviens pas que Catilina
n'eût pu être plus grand ; Ciceron même
y eût gagné, il eût été encore plus grand
s'il eût triomphé d'un plus grand homme :
Alexandre fut plus grand contre Porus, que
contre Darius ; & Turenne contre Monte-
cuculli, que contre Caprara.

Le rolle de Caton eft manqué, il n'agit
pas plus que celui de M. de Crebillon : il
n'eft là que le *Fidus Achates* de Ciceron,
& ne doit fon relief qu'à ces deux vers de
Ciceron.

Caton de la vertu doit l'exemple au Sénat.
Meritez que Caton vous aime & vous admire.

J'ajoûterai encore que la confpiration n'eft
pas filée auffi bien qu'elle pourroit l'être,
qu'on ne voit pas dans Rome fauvée ce jeu

des événemens qui intéresse le spectateur,
& éveille sa curiosité comme dans Cinna,
où à l'instant qu'il vient de rendre compte
de la comspiration à Emilie, Auguste le
mande avec Maxime.

Enfin le tems me paroît un peu forcé au
cinquiéme acte. Cezar sort du Senat, va
aux portes de la ville, combat Catilina,
revient ; & tout cela pendant qu'on n'a le
tems que de dire quarante vers.

Il me reste à parler de la versification de
Rome sauvée. J'ai assez vu cette piéce pour
ne pas craindre de porter un jugement précipité, en hasardant de dire que c'est une des
plus belles de M. de Voltaire pour la poësie;
elle est noble, harmonieuse, soûtenue, éle-
vée, forte d'idées, pleine de beaux détails ;
& la lecture ramenera tous ceux qui n'ont
pas été partisans de la piéce à la représenta-
tion. M. de Voltaire est, sans contredit, le
premier écrivain de son siécle, soit en vers,
soit en prose. Disons plus, & disons vrai,
il en est le plus grand homme: je n'en excepte
pas même M. de Montesquieu, après lui,
le premier des François. Tous deux Philo-
sophes, tous deux doués d'une imagination
brillante. Ils se ressemblent encore par les
satyres lancées contr'eux : vingt brochures
odieuses ont déchiré la Henriade & l'Esprit

des Loix, les deux chefs d'œuvre de notre âge.

Je ne puis m'empêcher de témoigner l'indignation que j'ai ressentie cent fois, d'entendre opposer à M. de Voltaire, un homme, à la vérité, aussi grand versificateur, aussi énergique que lui dans ses images ; mais d'un genie étroit & borné, pensant peu, nullement philosophe, & qui a moins fait de bonnes Odes que M. de Voltaire n'a fait de bonnes Tragédies, plat écrivain en prose, souvent trivial dans sa poësie, mêlant sans goût le noble & le bas : enfin, j'ose le dire, un homme que M. de Voltaire surpasseroit encore, quand même il n'auroit fait, ni la Henriade, ni ses piéces de théâtre, ni sa prose.

F I N.